I0550859

EPITHAPHE.

CY GIST

Michel Morin, Homme sans égal,
Dont la Doctrine sans seconde,
Fut estimée de tout le monde,
Comme un Amant fait son Rival.

Par son sçavoir & sa valeur,
Il fut fait de cette Eglise,
Par les Marguilliers sans remise,
Magister & Carillonneur,
Maître d'Ecole & Sacristain :

Mais le vénérable Morin,
Par une trop fatale envie,
En dénichant un nid de pie,
Trouva le moment de sa fin.

Le premier d'Août est trépassé,
L'An du monde le plus signalé.

APPROBATION.

J'Ai lû le préſent Livret , dont on peut permettre l'impreſſion. A Troyes ce ſept Août 1728.

GROSLEY.

PERMISSION.

VEU l'Aprobation, permis d'imprimer : à charge d'en dépoſer un Exemplaire en notre Greffe. A Troyes , ce douze Août 1728.

LE GRAND.

LES AMOVRS
DV FIDEL DV PONT,
ET DE LA
CONSTANTE
GVINBARDE.

Où sont representeʒ les infortunes & trauerses qu'ils ont euz iusque au iour de leur heureux Mariage.

DESDIEZ AVX AMANS.

Receuez ces Amours Amans ie vous supplie,
Amour m'a commandé de les vous desdier :
Car pour charmer vn peu vostre messansolie,
I'ay dit la verité sans y rien oublier.

A PARIS,

Chez NICOLAS ALEXANDRE, demeutant ruë de la Calandre.
M. DC. XX.

LES AMOVRS DV
fidel du Pond, & de la conſtante
Guinbarde, ou ſont repreſentez
les infortunes & trauerſes qu'ils
ont euz iuſques au iour de leur
heureux mariage.

VN certain Paintre ayant deſ-
paint l'amour, tenant en vne
main vn poiſſon, & en l'autre,
vne fleur, fut enquis d'vn cu-
rieux Philoſophe, pour quel
ſubiect il le repreſentoit ainſi, c'eſt pource
(reſpondit il) qu'eſtant côme il eſt Seigneur
de la Mer & de la terre, ie luy ay donné ce
que chacun de ces deux Eſlemens ont de
propre, ayant oublié à mettre au pied de mô
ouurage ces deux vers.

Amour le Dieu du Ciel de la Terre & de Londe
Domine ce qui eſt en la machine ronde

Mais quoy ! laiſſant à part l'imagination &
interpretation de ce Peintre, ie treuue, &
pluſieurs autres l'ôt eſpreuué: que cet amour
eſt en effect, non vne puiſſance (comme
quelques vns tiennent) mais bien ſeulement

vne passion aueuglée : qui procede de nous
mesmes, & nous transforme la raison en vne
priuation de sens & d'entendemens comme
iournellement milles & milles sortes d'exem-
ples nous en donnent des preuues asseurées.

L'on tient que le principal moyen pour
faire heureusement reüsir, ses effects est de
perseuerer & endurer iusques à la fin, autrement si l'on perd courage, c'est se liurer dans
les miseres & desespoirs, aussi n'en porte on
pas la gloire de la course, si l'on ne franchit
la Cariere, ainsi que sceut bien faire ce genereux couple d'amans, l'histoire duquel ie
veux succintemeut descrire en ce discours,
auec autant de verité comme il se remarque
en son action, de constance & d'affection,
pour seruir de miroir à tous les vertueux &
fidels amans qu leur ressemblent.

Doncques pour commencer, ce sera par
la naissance du Phenix des amans de ce braue
du Pont, dont les merites ont esté esgalles à
ses vertus, il prit son estre d'vn pere & d'vne
mere pauures, mais bien vertueux, si les biens
de fortune luy ont manqué, ceux que l'on
appelle les vrais, & asseurez ceux (disie) qui
ornent, & embellissent les perfections interieures ne luy ont esté desniez, car il a fait
veoir par ses actions, qu'il en estoit veritablement possesseur, & l'eut on peu nommer
parfait en tout s'il eust eu autant de beauté
que de difformité, mais ce deffaut paressant
trop, il est tenu comme pour vn monstre,

car pour ne rien defguifer ie diré veritablement comme fon corps eft compofé, il
a vne fort petite ftature, mais tres groffe
la tefte farcte en oliue, ou aigue comme
vne gourde, le poil fort noir, le front deme-
furément large, les yeux louches, le nez ca-
mus, la bouche torfe & tres grande, le man-
ton fort long, & pour perfection de fon in-
perfection, il eft boyteux des deux hâches:
l'on tient que la nature abhorre, les chofes
laides & monftrueufes bien qu'elle en foit
louutiere, & dit-on auffi que le corps difforme, eft vn indice des mauuaifes mœurs,
cela fe treuue bien veritable en quelques vns
qui font vitieux au poffible, mais certainne-
ment il fe voit & fe remarque le plus fouuent,
aux perfonnes laides, & mal faictes des vertus
& perfections incroyables, comme il fe peut
treuuer en ce gétil Phrigien Efope, que bien
qu'il fuft l'vn des plus contrefaicts de fon
temps, eftoit tellement doué de belles vertus
qui eftoient recelees foubz cefte difformité
qu'il a efté tenu pour le miracle des plus
beaux efprits de fon fiécle.

Comme luy donc, ce gentil du Pront pof-
fedant les beautez interieures, les dons fi re-
leuez de la fageffe & de la prudence, il s'ac-
quit vn los immortel, entre ceux de fa qualité & de fon aage, auffi fans ces belles quali-
tez, il n'euft ofé efperer au bonheur
qu'il poffede, ny n'euft iamais efchellé le
fommet de l'amour, & de l'affection de la
gentille & vertueufe Guinbarde, comme il a

faict du depuis.

Ayant parlé du progrez & naissance de ce genereux du Pond, ie le laisseray pour vn peu de temps, durant lequel ie traicteray aussi de celle de la Constante Guinbarde, que Constante dés à present, ie puis nommer) puis qu'elle c'est faict paroistre telle iusque à la fin de ses peynes, comme son amant elle est issue de fort pauures parens, qu'elle perdit au mesme temps qu'elle veit la lumiere, de sorte qu'esleuée assez mescaniquement, elle fut contrainte dés l'aage de quatorze ou quinze ans de se mettre en seruice, pour estre à la bry de la necessité. Quand à la beauté elle n'en auoit qu'en ce qu'elle estoit extremement laide & difforme. Car comme l'on court, pour veoir quelque chose mostrueuse plustost qu'vne belle, ainsi chacun admiroit ce qui estoit plus digne de mocquerie qu'autrement, elle auoit trente deux difformitez en elle, contraires aux trente deux perfectiós de beautez de la belle Grecque, & sans l'esprit qu'elle auoit subtil & gentil, sceust esté aussi vn vray mostre, & scandal de la nature.

Or ne desirant pas en ce discours estre prolixe, ny vser de redites sur les perfections & gentillesses de ces deux amans. Ie me contenteray de dire succintement ce qui est de leurs amoureuses passions, comme elle prirent leurs origines, & comme elles ont eu leurs reuollutions, & à la fin leurs fellicitez.

Donc quesce braue & gentil du Pont, demeuré pauure, comme i'ay dict, ayant atteinct l'age de seize à dix-sept ans, commença à entrer sur les considerations de la misere & callamité humaine, & se resoudre à tascher de s'en garentir le plus qu'il luy seroit possible, si bien qu'en ceste resolution, il partit de la ville de Lusignan d'ou il estoit natif, & vint en celle de Tours, tant pour y rencontrer quelque maistre pour seruir que pour veoir ceste merueille difforme la Guinbarde, dont la renommée trompette de l'vniuers, luy auoit faict enuie. Il ne fut pas si tost arriué en la ville, que rencontrât vn hôme son de pays, il fut au mesme instât par luy mis auec vn gétil-homme Gascon, pour le seruir de de Lacquais: mais il ne fut gueres en ceste premiere & honnorable qualité. Car ceste humeur brauache, luy ayant en trois iours faict plus de trois fois trois rodomontades, auec autant de touches d'vn billot, il fut contraint de le quitter, & reprédre possession de ceste tant douce & agreable liberté.

Mais las, comme ceste liberté est coustumiere compagne de la pauureté, l'affligé du du Pont fut contrainct de bien tost reprendre maistre, car ne pouuant s'accoustumer (comme la Cigalle) à viure de l'air, il ayma mieux seruir, que de viure de vent, si bien qu'il se meit chez vn gentil homme de la ville pour péser ces cheuaux, & eut vn tel heur en ceste seconde condition, qui rencontrât ceste fameuse Guinbarde laquelle seruoit en ce logis, en qualité de seruante de cuisine,

il y trouua, le subiect & le vray obiect de son
amour, de sorte que dès aussi-tost qu'il l'eust
veu, il demeura tout esmeu, car ayant ouy
parler de ses merites, il luy portoit (desia au-
parauant vne secrette bien-veillance) comme
elle de son costé faisoit aussi, siqu'en consi de-
rant les vertueuses actions de ce nouueau Se-
cretaire d'escurie, elle ne fut pas long-temps
sans ressentir les agreables & sensibles emo-
tions d'amour, & en donner quelques secret-
tes preuues de ce ressentiment.

Ha, cruel & perfide amour, il est bien vray
qu' tu te plaist à blesser & non a guerir, &
& affliger & non consoler, & allumer les
flames que tu ne veux esteindre, en voicy
des preuues, aux efforts & violences que tu
as faictes à ces deux amans en ceste premiere
rencontre, tu les as esprits & par vne surprise
manifeste, as embrasé leurs cœurs de tres
cuisante flames, s'en est aussi faict ils ne sont
plus à eux, leurs sens sont esperdus, & leurs
raisons troublées, ils n'adresset plus de vœux
qu'aux pieds de tes prophanes Autels & tous
leurs soings & pensemens ne sont autres que
de se parler, & descouurir l'vn à l'autre, la
violence de leurs amoureuses passions.

En ces peines doncques du Pont & la
Guinbarde viuoient, ou pour mieux dire
languissoient ils s'entr'enuoyent tousiours
quelques œillades & regards amoureux, auec
des souspirs, tesmoings asseurez de leurs affections, & ne s'osant descouurir l'vn à l'autre
enduroient

enduroient per ce moyen des peines & des douleurs insupportables.

Plusieurs iours s'escoulerent en ceste sorte, quád
vn entre les autres, s'estant treuuez auec la commodité, ils ne la laisserent eschapper, car du Port
tout plain d'amour, pour la Guimbarde, luy dit
ouuertemét ce qui en estoit, dont elle extrememét
ioyeuse & côtente, luy asseura qu'il n'estoit pas
moins aymé d'elle, qu'elle l'estoit de luy, ainsi apres
milles asseurences, & protestations pour la continuation de leur amitié, ils s'entrebaiserent & ac-
collerent de telle sorte, qu'il s'embloit, qu'ils ne
voulussent iamais se quitter, & comme de fait eussent esté bien dauantage en ceste vnité, sans que
quelqu'vn des autres seruiteurs, les feirent separer
& retirer chacun ou leurs charges & qualités les
appelloient.

Mais quoy ceste premiere veuë fut seulement, la
baze asseurée du bastiment de leur amour, car des
ceste heure, ils ne perdirent pas vn seul moment
sans songer l'vn à l'autre, à leurs perfections & à
leurs merites, la recherche des moyens, pour par-
uenir aux combles de leurs felicitez amoureuses.

Qui a iamais veu deux Champions, desreux d'é-
trer au combat l'vn contre l'autre peut s'imaginer
le desir extreme de ces deux amans, pour se ioin-
dre & combatre dans le camp clos de l'amour; ils
essayerent, comme courageux & vaillants par
plusieurs & diuerses fois, de s'y rencontrer, mais
soushours quelque empeschement leur en ostoit la
commodité.

Or comme tout vient apoint qui peut attédre, &
que toutes choses auec le téps viénent à leur per-

B

fection, ioinct qu'il n'est rien impossible aux amans,
qui sympathisans en humeurs, ont vne mesme vo-
lonté, vn mesme but & affection, vn iour s'estant
remonstrez seuls, ils se laisserent apres plusieurs discours carresses & mignardises, emporter aux cha-
stouillemens, & apres aux amoureuses passions,
suiuant lesquels ils tascherét d'esteindre & amortir
leurs flames, par la liqueur la plus douce qu'ils peu-
rent faire distilller des allambicqs de leurs deux
corps.

O heureux couple, couple henreux (dis ie) que
vous seriez, si les fruits de l'amour, ne ressembloiét
au breuuage empoisonné que l'on aualle dans vn
vase doré & adouci par les bors, qu'heureux encor
eussent esté vos iours & vos amours, si les choses di-
cy bas n'auoient des reuollutions, & si l'amour ne
se plaisoit comme il fait a faire souffrir aux amans
milles sortes de peines & de suplices : ouy, vous
eussiez esté trop heureux, sans cela, mais comme
l'on dit, & est vray que cet amour est inexorable,
c'est vn aueugle menteur, boureau, amer comme
fiel, persecuteur, traistre, trompeur semblable au
scor-pion à l'Ours & au Tigre, ou bien à ce Mer-
cure qui nous en dort pour comme à vn autre Ar-
gus nous oster la memoire de nostre deuoir.

Le malheur donc de ces amans, fut si grand, qu'en
ces premieres escarmouches amoureuses, l'amour
opera de telle sorte, que de là, les peines & les trauerses qu'ils eurent, tirerent leurs origines. Car la
Guinbarde estant deuenuë grosse, commença de
s'affliger de telle façon, que sans les consolations
ordinaires du magnanime du Pond, elle se feust tellement laissée emporter à la tristesse, qu'en brief elle

en euft efté deliurée par la mort.

Mais quoy, elle deuoit viure pour conftamment
endurer, & du Pond deuoit auffi l'imiter, pour à la
fin moiffonner enfemble les fruicts de leurs fidelles
amitiez.

Ce fut doncques ce qui les feit tous deux refoul-
dre à fupporter auec le plus de patience tout ce qui
s'oppoferoit à leurs contentemens, & attendre les
euenemens de l'vtilité ou dômage de cefte groffeffe
il ny auoit que la Guimbarde qui ne fe pouuoit em-
pefcher de foulpirer, pour la crainte d'eftre def-
honnorée, mais fouuét priée par du Pond de ne fon-
ger à cela, qui eftoit fi peu de chofe elle luy promit
pourueu qu'il ne l'abandonnaft point d'attendre a-
uec patience tout ce qu'il luy pourroit arriuer de
bon-heur ou mal heur.

Or comme par le temps (ainfi que i'ay dit) toutes
chofes viennent à perfection, & tout eft mis en
euidence, auffi le vent de chemife, ayant bien fort
enflé le Ballon de la Guinbarde, il luy fut impoffi-
ble de plus cacher, ce qui eftoit recogneu de tous
ceux qui la voyoient, fi que cela eftant venu à la co-
gnoiffance du maiftre & de la maiftreffe du logis
ou elle & fon du Pond demeuroient, ils s'en treu-
uerent grandement fcandalifez, de forte que comme des premiers de la ville, ils fe refolurent d'en faire eux mefmes la punition fçauoir de faire bien fort
donner les eftriuieres au gardien d'icelle, ie dis au
braue & genereux du Pont, & de chaffer hors du
logis auec toute forte d'infamie, la vertueufe &
fage Guinbarde.

O cruel & iniufte arreft, ô cruel & perfide amour
qui en eft l'autheur, que n'empefche tu l execution

B ij

yeu que c'eft toy feul qui as caufé la fenfible &
douloureufe difgrace des ces vrais & fidels amans,
leur ayant faict aduancer le terme de leurs amou-
reufes paffions, par les vehemences & violences de
tes impudicques & chatouilleufes flames.

Amour en cela fut aucunement exorable. Car
c'eft arreft qui deuoit en brief eftre exécuté & prin-
cipalement en la perfonne du gentil amant, fut fe-
crettement prononcé à la fidelle & affligée amante,
qui pleine d'amour pour fon cher & bien aymé du
Pond l'en feit auffi toft aduertir & de fe retirer pour
efuiter vne fi iufte punition, ce que ne mefprifant
aucunement, ains d'vn courage bien genereux, fe
refolut de fuyure le confeil de fon affligée maiftreffe, car (dif ie) fçachant bien que.

Se plonger au peril que l'on veoid eminent
Seroit manquer d'efprit, & n'eftre pas prudent.

Il imitta auffi-toft qu'il eut le vent de fa condam-
nation, le vallet de Marot, n'oubliant qu'à dire à
Dieu à fon maiftre, & n'euft aucun repos (fi repos
l'on peut auoir abfent de ce que l'on ayme) qui ne
fuft rendu en lieu de feureté.

De forte qu'eftant faict perquifition de fa perfonne pour chaffer les pulces qui le pouuoient pic-
quer, & ne l'ayant treuué, fa tres-chere & grande a-
mie Guimbarde, fut exilée & bannie du logis, ou elle auoit receu tant de contemens, & contrainte de
fe retirer en vne petite chambre, pour y attendre,
comme elle feit la fin & l'iffue de fes difgraces.

Helás amans, imaginez vous qu'elle affliction
receurent ces deux abfents, ainfi l'vn de l'autre, & fans confolation, ny efperance de fe reuoir,
elle ne fe peut pas ayfément exprimer, & ny a que

ceux qui ont esté en pareille peine, qui se la puissent
veritablement imaginer.

L'affligé & desesperé du Pont alloit errant comme insensé dans les campagnes de la Touraine tousiours, l'idée de sa maistresse deuant les yeux, il n'a-
uoit rien de plus agreable que la pesée qui la luy re-
presentoit, & rié aussi de plus facheux que lors qu'il
songeoit en l'estat où il l'auoit laissée, c'estoit ce qui
continuellement l'occupoit auec les compleintes
qu'il faisoit en ceste sorte.

O infortuné & malheureux du Pont, n'est tu pas
bien le plus miserable desamans, de te voir ainsi es-
loigné de ta chere & amoureuse amante, n'a tu pas
de la misere sur les autres qui ayment, de te voir priué de la veuë de celle qui te causoit tant de felicitez, ouy certes tu es le seul qui reçoit des disgraces
si sensibles, & si pressentes.

Ce pauure & affligé amant fut plusieurs iours à se
plaindre de la sorte, & à maudire & detester sa miserable infortune, mais comme à tout il se faut resoudre, & que c'est dans les afflictions, où si l'on a de la
constance l'on le faict paroistre, il se resolut de le
faire, & tesmoigner à sa chere Guinbarde que l'absence ne luy ostoit la souuenance ny le soing, que
comme vn fidel amant, il deuoit auoir de sa person-
ne. Car luy ennoyant de l'argent pour luy subue-
nir en ses couches ou funerailles, si le cas y escheoit,
il luy escriuit ceste lettre, ou pour le moins la feit escrire ainsi.

Ma chere & bien aymée Guinbarde, ie ne suis pas
lettré pour vous bié exprimer & en belles paroles, le
regret que i'ay d'estre absent de vous c'est pourquoy ie vous diray en peu de mots, & en mon dis-

cours ordinaire. que ie vis auec bié de la peine, si es-
loigné, & priué de voſtre perſonne, & que ſi ce n'e-
ſtoitl'eſperance que i'ay de vous reuoir encore vne
fois , i'aymerois mieux la mort que la vie. mais
deſirant pour ce ſubiect me conſeruer, ie prendray
la meſme patiéce que ie vous coniure d'imiter, pour
ce faire, & auec plus de facilité, ie vous enuoye de
l'argent, afin que ne manquant que de me veoir,
vous l'eſperiez, & viuiez ſinon contente au moins
& pour conſeruer voſtre fruict, & la vie de

Voſtre tres-humble, & tres fidel
amant DV POND.

Au deſſous de ceſte lettre, il v feit mettre ces vers
qu'il auoit comme les ſuiuans faict faire expres.

Que le ſoleil & la Lune
Eclairent tant qu'il voudront
Guinbarde ſans feinte aucune
Sera aymée de du Pond

Et en vn autre papier à part, il feit encores eſcrire
ceux cy, auec ceſte ſuſcription.

A MA CHERE
Maiſtreſſe.

Puis que de ma pauure vie
Ie n'ay rien que du tourment,
Il faut que ie le publie
Pour ſeruir d'allegement.
Ie reçue donc la plaie
Qu'amour m'a faict de ſa main,
Belle Guinbarde que i'aye
bien-toſt de mourir le gain.
O vous animaux ſauuages
Qui eſtes copiant d'aymer,

Par les forests & boccages
Venez mes plaints animer.

Vous enfans de l'infortune
Venez desplorer mon fort
Et ma misere importune
Pour me conduire à la mort.

Toutes ces choses escriptes, le fidel du Pond en
fit vn pacquet, & auec l'argent l'enuoya par homme
expres à sa tres chere amãte, laquelle pourlors estoit
tellement attennée de douleur & de tristesse, tant
pour l'absence de celuy qu'elle aymoit le mieux au
monde, que pour les apprehensions de sa prochai-
ne couche, que ie croy que tansl'arriuée de ce Messager elle n'eust pas sceu sut sister à la violence de ses
afflctions, & y feust à la fin succombée.

Mais quoy comme il ny a rien de plus agreable
que de receuoir des nouuelles de ce que l'on cherit
& que l'on ayme, & qu'il n'y a felicité pareille qu'à
lire, ou faire lire ce qui parle à nous, & de nous lors
que cela est pour nostre consolation, aussi ce fut
ce qui (si i ose dire) ressuscita ceste affligée Guimbarde, & soulageant & moderant ses afflictions,
donna pour quelque temps trefue à ses peines, &
sensibles douleurs.

Elle fut doncques quelques iours à se consoler,
& tascher de se resiouyr en la pensée de son fidel a-
mant, tout ce qui l'empeschoit de se resoudre entie-
rement estoit qu'elle ne sçauoit le temps qu'elle
iouyroit du bon heur de sa veuë, c'estoit ce qui l'af-
fligeant luy mesloit des tristesses dans ses resolu-
tions, & la faisoit viure auec vn desplaisir extreme.

Or durant toutes ces choses le terme prefix par
Lucine venant à finir ceste Doesse, presida lors en

faueur de ſes amans, & feit donner la lumiere à vne
petite fille, qui ne pouuoit eſtre meſcognue ny eſti-
mée eſtre autre que fille de ſon pere, comme elle l'e-
ſtoit de ſa mere d'autant que toute ſemblable à eux,
elle tenoit de leurs imperfections viſibles & exte-
rieures pour les perfectiõs interieures, l'on en pouuoit pas iuger lors de ceſte naiſſance, elle promet-
toit neã moins par a ſuaçt? de ſon eſprit de l'auoir
quelque iour auſſi releué que ceux de ſon pere &
de ſa mere.

Qui receut bien de la ioye & du contentement,
ce fuſt ceſte Conſtante Guinbarde à la veüe & con-
templation de l'image de ces amours, ce fut à lors
qu'elle prit l'entiere reſolution de ne ſe plus affliger
& ſupporter conſtamment tout ce que de là en a-
uant il luy pourroit arriuer, & attendant le retour
de ſon amant, ce conſoler & reſiouir auec ſa petite
mignarde (ainſi l'appella elle) auſſi-toſt qu'elle fut
au monde.

Tellement qu'apres s'eſtre releuée, & entendu
nouuelles que ſon du Pond demeuroit en vn Cha-
ſteau qu'on appelloit de Plaiſance, elle ſe reſolut de
luy eſcrire, & luy mander comme ils auoient vn
gage pour aſſeurance perpetuelle de leurs amoureuſes affections, ſi bien que s'addreſſant à vn Se-
cretaire pareil à ceux qui comme les Chathuans
veillent ſur les corps morts, chez les Innocens, elle
luy feit dicter & eſcrire ces lignes.

Mon tres fidel & inthime am., ie ne vous ſçau-
rois dire combien i'ay ſouffert de douleurs & de
triſteſſes depuis voſtre abſence, car le nombre en eſt
ſi grand, que i'ayme mieux les taire toutes que de
n'en dire qu'vne partie, ie vous diray neantmoins
qu'à

qu'à la fin, ie feusse certainement succombée soubs
leurs violences, si vostre lettre, l'argent, & les vers
que vous m'auez enuoyez, n'eussent preuenu les
miseres que ie ne pouuois, sans cela esuiter: Vous
m'auez mon cher du Pond traictée en amy fidel &
parfaict, & i'espere aussi vous donner des reco-
gnoissances esgalles à ceste amitié, le gage de noz
affections est venu à perfection, c'est vne bien belle
petite fille, l'on dict par la ville que c'est la viue image de nous deux, c'est pourquoy ie vous coniure
de la venir veoir, & moy aussi: Vous n'auez plus
à craindre Monsieur & Madamoiselle, où nous
seruions, nous ont pardonné, & sont venuz au ba-
ptesme: Venez donc asseurément, il se pourra treuuer icy quelque honneste condition, soit à la chambre ou à l'escurie, il y a manque de gens de vostre qualité, esprit, & merite; ioinct que la Cour
y est, & vostre chere amie qui meurt d'amour
pour vous, comme celle qui est, & veut estre
tousiours,

　　　　　　Vostre tres-humble & affectionnée Amante
　　　　　　　　　LA GVINBARDE,

Apres ceste lettre, elle feit escrire encores ces
vers que l'on a depuis mis en chant.

　　Ne sçauroit-on treuuer
　　De Messager en France
　　Qui voulut aller
　　Au Chasteau de Plaisance
　　Dire à du Pond qu'il vienne à Teurs
　　Que la Guinbarde meurt d'amours

Aussi-tost qu'elle eust faict cacheter ceste lettre,
& ces vers, elle treuua homme qu'expressement, &
en diligence elle ennoya au Chasteau de Plaisance,

où treuuant du Pond, il luy rendit fidellement le
tout entre les mains, dont il fut extremement, &
ioyeux & content.

Voyez amans comment l'amour se plaist à tra-
uerser les desseins, pour apres (quelquefois, & non
pas tousiours les combler de felicit z:certes si ie l'ay
despeint cy-deuant, plein de douleurs & d'amertu-
mes, ie veux maintenant estre du costé d'vn certain
amant, qui heureux disoit que c'estoit le comble
d'esperance, ou regnoient les effects amoureux, vn
pourtraict de la vie, & de ses plaisirs, vne mer de
grande bonnace, en laquelle vocgueut les genereux
amans, & en fin vn port asseuré de tous les contentemens, ces choses estant ainsi à la fin remarquée
en cet heureux couple, & en milles autres qui
comme eux, ont au milieu de leurs amoureuses fu-
reurs, enduré milles & milles sortes de trauerses, el
peuuent faire veoir que c'est amour comble quand
il veut à la fin les amans de bon heur & de felicitez.

Cest heureux du Pond doncques ayant leu les
lettres de sa maistresse, il ne luy fallut point de téps
pour ce resondre au retour, aussi tost il partit du
Chasteau de Plaisance, & comme s'il eust eu des ail-
les aux talons, en peu de iours il veit ceste agreable
ville de Tours, il ne faut pas demander quel conté-
tement & quel exces de ioye receut son ame à l'a-
bord d'vn si desiré aspect, car cela ne se peut aysé-
mét exprimer, il ne faut seulement que dire qu'en
en la ville, il fut recognu de tous ceux qui le
voyoient, chacun feit des acclamations de ioye
pour son retour, & ny eut petit ny grand qui n'en
ressentit vn contentement indicible, & comme si

s'euft efté quelque bien faicteur de la Republique
Tourangeaute, qui feuft retourné d'vn loing &
ennuyeux exil, & que durant fon abfence, l'aftre
qui dominoit fur l'horifon de la Touraine , ayant
toufiours efté trifte, euft le iour de ce retour repris
fon luftre & efclat accouftumé, (chacun difie) eftoit
remply de lieffe, & de ioye, ne parlant plus que du
prompt & neceffaire mariage de deux amans.

Du Pond eftant ainfi receuilly de tous en general,
ne fçauoit à qui il en deuoit rendre grace, à fa bône
fortune, ou à fon merite particulier, de forte que
perplex en cefte penfée , il s'achemina au faux-
bourg de la Riche, & de la chez fa Conftante & fidelle maiftreffe, qui ayant eu aduis de fa venuë, c'e-
ftoit la pres difnée mife au lict pour paroiftre, & ef-
clatter d'auantage, ainfi qu'vne de fes voyfines luy
auoit confeillé. Elle auoit à fes coftez la petite du
Pond qu'elle carreffoit en cent & milles façons:
quand le defiré & fouhaitté Amant, entra dans la
chambre ou eftoient la mere & la fille, la mere fei-
gnit ne l'auoir veu entrer, ny qu'il feuft proche de
fon lit: & luy eftant approché doucement, ils iouïret
tous deux à qui fe furprendoit le plus finement, ce
pendant la Guinbarde fine & prudente pour donner grace à fa feintife, commença a parler à fa petite
fille en cefte forte.

He quoy! ma petite bellotte, fille de voftre pere mõ
cher & bien aymé, fera il dit que nous ne le verrons
plus, & foyons pour iamais priué de fa belle & a-
greable prefence? feroit il bien poffible, que nous
fuffions toutes deux fi mal-heureufes que ce Soleil
efclattant feuft eternellement eclipfé de noz yeux?
non, non, ie ne le croy pas, petite mignarde, vous

estes trop gentille pour estre priuée de ce bien, &
moy ie suis trop fidelle & constante, pour estre si
mal-heureuse.

Apres ces parolles dictes, elle destourna sa veuë &
aduisa son cher Adon, pres de son lit, elle le sçauoit
bien, mais elle feignoit ne l'auoir veu entrer, he
quoy dit elle, vous voila reuenu chere moictié de
mon ame, ce qu'ayant dit, la parolle luy manqua, &
demeura comme esuanouye, au moins feignoit
elle l'estre; ce qui estonna si fort ce braue du Pond,
qu'il fut vn long-temps sans pouuoir aussi parler,
estant tombé sur les pieds de la dolente Guinbarde,
il y demeura iusques a ce que reprenant ses esprits,
il tascha de faire faire le semblable a sa moitié, il fra-
poit dás sa main, luy tiroit le nez, tantost les oreilles
puis le bout des mámelles, & apres l'orteil du pied
gauche, crioit a ses oreilles tant qu'il pouuoit, l'ap-
pellát Guimbarde l'amie de son cœur, bref s'estoit
vne piteuse chose à voir, & ouyr les plaintes & la-
mentations que faisoit ce pauure Amant, croyant
qu'elle feust morte de ioye. il n'y auoit pas iusques
à la petite Guimbarde, qui crioit a gorge ouuerte,
pour la peur qu'elle auoit d'vne chose si plaisante,
& triste en apparence.

Ha commença à dire ce pauure du Pond, ne suis
ie pas bien miserable & infortuné, d'estre venu de
si loing, pour assister aux funerailles de celle que ie
croyois trouuer toute pleine de liesse & de ioye,
bon Dieu faictes moy la mesme grace que vous luy
auez donnée, affin que mourant ie la puisse suiure
dans les champs Elizées.

Ainsi qu'il acheuoit ses parolles, la fine & subtille
Guinbarde, faisant cesser les charmes de sa feintise,

reprit auec ses esgarez esprits, la lumière de ses
graces & de ses attraits, & embrassant son cher du
Pond, & luy elle, ils furent bien long-temps sans
parler, faisant treuuer veritable ce dire, que l'amour
rend les amans muets, mettant vn mords en leur bouche pour les empescher de parler, comme l'exprime
par ces vers vn certain Poëte.

    Le nœud dons quelquesfois
Amour surprend ma langue & m'enpesche la voix.

  Ayant ainsi demeuré quelque temps la parolle
trouuant issuë, ils se feirent milles sortes de com-
plimens, & de promesses de continuer leurs amitiés,
le tout fut ratiffié par des caresses extraordinaires,
par des baisers amoureux, & par les plus delicieuses
faueurs de l'amour, Dupond veit sa petite fille, & la
baisant milles fois, loüa sa gentillesse & la mere fe-
conde qui luy auoit porté vne si ageable geniture.
En fin ce n'est chez Dupond que resioüissances,
que festins & que dances, il ne se parle plus que des
ris, des graces & des amours, les afflictions passées
ne viennent plus en la memoire, Dupond n'en
veut point ouy parler, la Guimbarde n'y veut seulement songer: bref, ce n'est rien qu'alegresse. Les
meilleures compagnies viennent visiter ses fidels
amans, l'on leur propose leur mariage, & comme
ils deuoient faire legitimer leur petite, ils en font
tous deux bien contens, que des le landemain au
au matin, la compagnie qui deuoit assister aux nopces estant arriuée, l'on leur feit dresser vn contract
de mariage si ample & si bien fait, qu'il ne se peut
rien trouuer de mieux, aussi fut il dicté par person-
nes autant vertueuses que sages, apres l'on les con-
duit au môstier, ou estât aussi-tost, l'on les meit sous

le poille & leur petite fille auſſi, & apres ceſte cere-
monie acheuée, l'on les reconduit au logis auec
des honneurs, & faueurs indicibles.

Il y eut vn feſtin grandement admirable, tant
pour l'aduerſité des choſes rares, que pour la belle,
& honorable compagnie qui y eſtoit.

Apres il y eut bal, ou les amans & mariez ſe firent
eſclatter par deſſus tous, n'oyans dans ceſte ioye &
fel'cité, le ſouuenir de leurs ennuis & trauaux
paſſez.

L'on donna aux Dames ſes deux quadrains pour
les reſiouyr, ils ont eſté faits par vn excellent Poëte,
qui aſſiſtant aux nopces, ne voulut eſtre marqué
du coing de l'ingratitude.

AVX DAMES,

Apres auoir conru de l'vn à l'autre pole
Et acquis vn renom qu'on ne peut ignorer
Guimbarde a attrapé Dupond le ieune droſle
Penſant (en l'eſponſant) ſon honneur reparer
Voicy le iour venu en vous ſupplie mes Dames
De venir auec nons à la feſte danſer
Vous aueꝛ tant d'attraits, tant d'amoureuſes flames
Qu'à nous faire vn refuꝛ vous n'oſeriez penſer.

Côme le tout fut acheué chacun ſe retira chez ſoy
& laiſſa-on ces deux miroirs de fidelité, recommen-
cer leurs amoureuſes careſſes, pour la continuation
deſquelles, ie ſupplie le Dieu d'amour & D'himen,
de leur eſtre eternellement fauorables.

23

Puissiez vous donc comple d'amans
Viure toustours heureux contans,
Sans que les debats & les noises,
L'inimitie ny le discore
La peste, la fin ny la mort
Vous puisse apporter des meseses.

N. D. P. SIEVR DES MASVRES.

FIN.

LES AMUSEMENS
DE LA SOCIÉTÉ,
OU
POÉSIES DIVERSES,

PAR L'AUTEUR DU *TRIOMPHE DE L'AMITIÉ*.

A AMSTERDAM.

M. DCC. LXXIV.

www.ingramcontent.com/pod-product-compliance
Lightning Source LLC
Chambersburg PA
CBHW061617180626
46818CB00005B/2116